Chers amis rongeurs,
bienvenue dans le monde de

Geronimo Stilton

GERONIMO STILTON

TÉA STILTON

BENJAMIN STILTON

TRAQUENARD STILTON

PATTY SPRING

PANDORA WOZ

Texte de Geronimo Stilton
*Basé sur une idée originale d'*Elisabetta Dami
Coordination artistique de Roberta Bianchi
Assistance artistique de Lara Martinelli *et* Tommaso Valsecchi
Couverture : idée de Lorenzo Chiavini, *réalisation*
de Flavio Ferron
Illustrations intérieures : idée de Lorenzo Chiavini, *réalisation*
de Giuseppe Facciotto *(crayonnés et encrage) et* Daria Cerchi
(couleurs)
Graphisme de Laura Zuccotti, Beatrice Sciascia, Paola Cantoni
et Michela Battaglin

**Les noms, personnages et traits distinctifs de Geronimo Stilton
sont déposés. Geronimo Stilton est une marque commerciale,
licence exclusive d'Atlantyca S.p.A. Tous droits réservés.
Le droit moral de l'auteur est inaliénable.**

www.geronimostilton.com

Pour l'édition originale :
© 2000, Edizioni Piemme S.p.A. – Corso Como, 15 – 20154 Milan, Italie –
sous le titre *Il mistero della piramide di formaggio*
International rights © Atlantyca S.p.A. – Via Leopardi, 8 – 20123 Milan,
Italie – www.atlantyca.com
contact : foreignrights@atlantyca.it
Pour l'édition française :
© 2004 Albin Michel Jeunesse – 22, rue Huyghens – 75014 Paris
www.albin-michel.fr
Loi 49 956 du 16 juillet 1949 sur les publications destinées à la jeunesse
Dépôt légal : deuxième semestre 2004
N° d'édition : 15408/12
ISBN : 978 2 226 15320 3
Imprimé en France par Pollina S.A. en novembre 2012 - L62714D

Stilton est le nom d'un célèbre fromage anglais. C'est une marque déposée de Stilton Cheese
Makers' Association. Pour plus d'informations, vous pouvez consulter le site www.stiltoncheese.com

Geronimo Stilton

LE MYSTÈRE DE LA PYRAMIDE DE FROMAGE

ALBIN MICHEL JEUNESSE

DEBOUT !
DEBOUUUUUT !

C'étaient les premières heures... d'une matinée d'hiver qui paraissait devoir ressembler à toutes les autres. Dans le ciel, la lune argentée éclairait encore les toits de Sourisia, la ville des Souris.

Bien au chaud sous mes couvertures, je dormais comme un bienheureux, en ronflant paisiblement.

Mais soudain... soudain, le téléphone sonna.

Drinng !

Drinng !

Drinng !

Drinng !

Je sortis de mon lit, encore tout somnolent, posai la patte sur la descente de lit en fourrure de chat synthétique. Je décrochai le combiné.

– Allô ? Ici Stilton, *Geronimo Stilton*.

À l'autre bout du fil, une voix étrangement familière poussa un cri assourdissant :

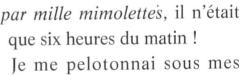

– DEBOUT !
DEBOUUUUUUUUUUUUUUUUUUUUUUU

Je balbutiai, désorienté :

– Qui... quoi... qui est à l'appareil ? Scouit...

Mais l'autre avait raccroché.

Je jetai un coup d'œil au réveil : *par mille mimolettes*, il n'était que six heures du matin !

Je me pelotonnai sous mes couvertures et me remis à ronfler avec ardeur.

Je me réveillai à huit heures.

J'appelai un taxi et lui donnai l'adresse de mon
bureau, où j'arrivai à neuf heures pile.

Ah, je ne vous l'ai pas encore dit ? Mon nom est
Stilton, *Geronimo Stilton*. Je suis une souris éditeur, je dirige le quotidien le plus lu de
l'île des Souris, *l'Écho du rongeur* !

Je vous disais donc que j'entrai dans ma maison
d'édition à neuf heures pile et me dirigeai tout de
suite vers mon bureau.

J'ouvris la porte…

Je me retrouvai museau
à museau avec mon
grand-père, **Honoré
Tourneboulé**, alias
Panzer.

Grand-père Tourne-
boulé, le mythique (et
redouté) fondateur de
l'entreprise !

J'AI LE PORTEFEUILLE
QUI SAIGNE…

Grand-père Honoré TONNA :

– Gamin ! Tu trouves que c'est une heure pour arriver au bureau ?

Je protestai :

– Mais, grand-père, il est neuf heures ! Les bureaux viennent juste d'ouvrir !

Il secoua la tête.

– Grounfff, mal répondu, gamin, très mal répondu. Moi, je suis là depuis six heures du matin !

Je m'écriai :

– C'est donc toi qui m'as réveillé à cette heure-là !

Il ricana, satisfait, en se frisant les moustaches :

– Eh oui, gamin ! Puis il me tira l'oreille et me gronda : Gamin ! Dans cette maison, tout va de travers, tout ! Et tu sais pourquoi ?

Je soupirai, agacé :

– Ici, on dépense trop d'argent ! Trop ! Beaucoup troooop !!!

– Non, pourquoi ?

Il tonna :

– Parce que, ici, on dépense trop d'argent, gamin ! Trop ! T-r-o-p ! Il faut économiser, tu comprends ce que cela veut dire ? Économiser, *économiser*, Économiser ! É-c-o-n-o-m-i-ser ! É-c-o-n-o-m-i-s-e-r !

Grand-père Honoré reprit son souffle et hurla de nouveau à pleins poumons, en me perforant les tympans :

– Économiseeeeeeeeer !

É comme ÉVITER DE GASPILLER !

C comme CHEZ NOUS, ON CONNAÎT LA VALEUR DES CHOSES !

O comme ON N'EST PAS DES PANIERS PERCÉS !

N comme NE PAS JETER L'ARGENT PAR LES FENÊTRES !

O comme OH LÀ LÀ, QUAND JE VOIS TOUT CE GÂCHIS, JE SUIS VERT DE RAGE !

M comme **MON PORTEFEUILLE SAIGNE RIEN QUE D'Y PENSER…**

I comme **INCONSCIENT, TU VEUX MA RUINE ?**

S comme **SI ÇA CONTINUE, JE REVIENS DIRIGER L'ENTREPRISE !**

E comme **EST-CE QUE TU PEUX ÉPARGNER, THÉSAURISER, METTRE DE CÔTÉ ?**

R comme **RIEN NE SERT DE DÉPENSER !**

Je balbutiai :
– Mais, grand-père…
Il me tira l'oreille.
– Il n'y a pas de grand-père qui tienne ! À partir d'aujourd'hui, c'est moi qui vais faire les comptes ! hurla-t-il en agitant les registres de comptabilité. Et j'espère bien que les choses vont changer… Par exemple, comment es-tu venu ce matin ?
Hein ?

– Euh, j'ai pris un taxi…

Il tapa du poing sur la table.

– Et voilà ! C'est bien ce que je pensais ! Quand j'entends certaines choses, *j'ai le portefeuille qui* $SAIGNE$!

Puis il me donna une chiquenaude sur le bout du museau.

– Gamin, désormais, tu prendras le métro, ou, mieux encore, tu iras à patte, comme ça tu économiseras le prix du billet et tu feras du bien à ta santé !

J'étais complètement **abasourdi** et je voulus m'asseoir sur une chaise pour reprendre mes esprits.

Mais, en regardant autour de moi, je découvris avec stupeur qu'il n'y avait plus de meubles… Tout avait disparu : mon bureau signé par le célèbre designer Le Ratusier, mon luxueux fauteuil en cuir,

 mon précieux tapis, ma bibliothèque raffinée, mes livres bien-aimés, mes coûteux tableaux de maître... Le bureau était vide ! À la place, il n'y avait qu'une table de cam-ping en plastique et

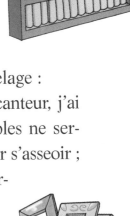

un tabouret, en plastique lui aussi !!! Grand-père regarda autour de lui et commenta, satisfait, en se lissant le pelage :

– Tu as vu ? J'ai tout vendu à un brocanteur, j'ai fait une sacrée affaire. Tous ces meubles ne servaient à rien. Il suffit d'un tabouret pour s'asseoir ; et pour faire les comptes, ceci fera parfaitement l'affaire ! – et il tapa encore du poing sur la table de plastique, qui CHANCELA dangereusement.

Rapide comme un rat, grand-père la rattrapa au vol et la remit sur pied.

– Hop !

Puis il se vanta, fier de lui :

– *Par les moustaches à tortillon du chat-garou !* Ha haaaa, j'ai toujours de bons réflexes, moi…

J'avalai ma salive.

– Grand-père ! Tu as vendu mes précieux meubles à un brocanteur… mais combien t'en a-t-il donné ?

Il brandit sous mon museau une liasse de billets.

– Et voilà ! Pas mal, hein ?

Je comptai les billets et blêmis…

– Mais, grand-père, ce n'est pas assez ! C'étaient des livres anciens, des tableaux de valeur… – puis je couinai, les larmes aux yeux : et ils étaient *à moi* !

Vif comme l'éclair, il m'arracha les billets des pattes et les glissa jalousement dans son portefeuille, en chicotant :

– Gamin ! Tu ne comptes tout de même pas m'apprendre à faire des affaires, hein ? N'oublie *jamais* que c'est *moi* qui suis le fondateur de l'entreprise !

FONDATEUR
DE L'ENTREPRISE

Tu ne comptes tout de même pas m'apprendre à faire des affaires, hein ?

Par les crocs cariés du chat-garou !

Subitement, je me rendis compte d'autre chose. Un silence surnaturel régnait dans les bureaux... Où étaient les journalistes, les maquettistes, les rédacteurs, les correcteurs d'épreuves, les secrétaires de rédaction, les techniciens d'imprimerie ? Bref, où étaient tous les collaborateurs de *l'Écho du rongeur* ? Où étaient-ils ? Où étaient-ils ? Où étaient-ils ?

Soudain, j'eus un doute horrible.

Les moustaches vibrant d'énervement, je hurlai :

– **Grand-père !** Pourquoi n'y a-t-il personne au bureau à cette heure-ci ?

Il s'assit sur le tabouret, qui grinça sous son poids.

– Ha haa, gamin, tu as remarqué, hein ? *Par les*

crocs cariés du chat-garou, j'ai eu une idée...
Il me fit signe de venir près de lui comme pour
me confier un secret, approcha son museau de mon
oreille droite et murmura :
– Une idée géniale, que personne d'autre que moi
ne pouvait avoir...
Puis, brusquement, il cria d'une voix suraiguë :
– JE LES AI TOUS LICENCIÉS ! Sais-
tu combien nous allons économiser, sans tous
ces pique-fromages ?
Je sursautai : j'avais le tym-
pan droit qui vibrait fol-
lement.
– Licenciés ? Tu les
as licenciés ? Mais,
grand-père, com-
ment allons-nous
faire ?

Pique-fromages !

Il soupira, avec importance :

– Gamin, j'ai pensé à tout ! C'est la famille qui va s'occuper du journal… Oui, Notre Famille, la FAMILLE STILTON !

À ce moment, la porte s'ouvrit et trois rongeurs entrèrent.

Je parie que vous les connaissez…

Le premier était mon cousin Traquenard.

C'est une souris **trapue**, qui fait toujours le malin et qui se croit le rongeur le plus intelligent de l'île des Souris. Il a tâté de tous les métiers : il a été cuistot sur un bateau, goû-

Mon cousin Traquenard…

teur de fromages, cascadeur, maître nageur, vendeur de peignamoustaches au porte-à-porte, démarcheur pour *l'Encyclopédie historique des fromages affinés*, figurant dans un film d'horreur (il jouait le rôle du CHAT-VAMPIRE), brocanteur, et même éleveur de puces savantes...

Derrière lui est entrée ma sœur Téa, envoyée spéciale de *l'Écho du rongeur*.

Téa a son brevet de pilote d'avion, pratique le parachutisme, la plongée sous-marine, la moto, et elle est même

Ma sœur Téa...

21

ceinture noire de karaté… Elle a de splendides yeux violets et un physique à couper le souffle. Eh oui, Téa saurait charmer tous les rongeurs. La liste de ses victimes (je veux dire : de ses fiancés) est plus longue que la queue du chat-garou. Ah, à propos, Téa est la **CHOUCHOUTE** de grand-père Honoré !
Enfin, Benjamin entra. C'est mon neveu préféré. Ah, j'aime vraiment beaucoup Benjamin !

La liste de ses victimes (je veux dire : de ses fiancés)

Ah, j'aime vraiment beaucoup Benjamin !

est plus longue que la queue du chat-garou.

GERONIMO PAR-CI, GERONIMO PAR-LÀ…

Grand-père Honoré nous regarda avec fierté.

– Mes chers enfants, vous allez voir : nous allons économiser, oh, ça, nous allons énormément économiser ! Ainsi, c'est Geronimo qui fera le ménage, dès cinq heures du matin. Au cours de la journée (en plus de son travail normal), Geronimo peut aussi écrire les articles, les mettre en pages, les apporter à l'imprimerie (à patte, pour faire des économies !), répondre au télé-phone, corriger les épreuves, faire les photoco-pies, répondre au courrier, apporter les paquets à la poste, et cetera et cetera…

Je protestai :

– Geronimo par-ci, Geronimo par-là…

Mais pourquoi est-ce moi qui dois tout faire ?

Il secoua la tête, déçu.

– *Par le pelage pouilleux du chat-garou !* Geronimo, tu es vraiment épatant ! Pense un peu à ta pauvre sœur, qui devra suivre la chronique mondaine, interviewer tous les *VIP* de Sourisia... Prends exemple sur ta sœur, Geronimo !

Elle, au moins, se sacrifie pour l'entreprise !

Téa se pavana dans son nouveau blouson de marque, en se lissant le pelage. Elle couina, coquette :

– Ça te plaît, grand-père ? Je l'ai fait mettre sur le compte du journal, pour être élégante et te faire honneur...

Puis elle lança un bisou à grand-père, qui la regarda avec orgueil et s'écria, ému :

– Bravo ! C'est parfait ! Je suis fier de toi, ma Téatounette ! Oh, ma chérie, tu es vraiment digne de ton grand-père !

Mon cousin Traquenard tendit à grand-père une corbeille pleine de sandwichs.

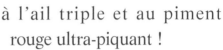

– Grand-père, je t'ai préparé tes sandwichs préférés au gorgonzola fondu, farcis à l'ail triple et au piment rouge ultra-piquant !

Grand-père Honoré se lécha les moustaches et commença à grignoter un sandwich.

– Mon cher, mon cher petit-fils ! Que ferais-je sans toi ? Ce sandwich est délicieux. Oui, vraiment, toi, tu sais les préparer !

Traquenard annonça, triomphant :

– Grand-père vient de m'engager comme son cuisinier personnel !

Puis il me fit un clin d'œil, d'un air rusé.

Mon neveu Benjamin pépia gaiement :

– Oncle Geronimo, grand-père m'a engagé comme son assistant personnel...

Grand-père lui caressa les oreilles, ému.

– AH, LA FAMILLE, RIEN NE VAUT LA FAMILLE, LA FAMILLE STILTON, BIEN SÛR...

Il se tourna alors vers moi.

– Geronimo, j'ai eu l'impression (ce que je n'arrive pas à m'expliquer) que tu n'étais pas satisfait. Ne t'inquiète pas, gamin, je vais te confier sans tergiverser une mission importante !

Je me *frisai* les moustaches, rendu méfiant par cette soudaine gentillesse.

– Hummm, et de quoi s'agirait-il ?

Il me secoua un billet d'avion sous le museau.

– Et voilà ! Je t'envoie loin de l'île des Souris, très loin... dans le plus beau pays du monde, au pays des pyramides, en Égypte, pour un reportage exceptionnel ! Alors, content ?

Surpris, je regardai le billet de la compagnie G & M & G. Je déteste les voyages... mais j'ai toujours rêvé de voir les pyramides !

– Merci, grand-père. Quand dois-je partir ?

Il me hurla dans les oreilles :

– TOUT DE SUITE !

BONNE CHANCE !

J'étais très ému. Ce n'est pas tous les jours qu'on a l'occasion de quitter l'île des Souris pour aller en Égypte. Je demandai à une hôtesse :

– Excusez-moi, savez-vous d'où partent les avions de la compagnie G& M& G ?

Elle me regarda avec pitié.

– G& M& G ? Vous voulez dire la compagnie Grippesou& Miséreux& Gueux ? C'est de ce côté ! Et *bonne chance...*

– Bonne chance ??? Pourquoi ?

Je me retrouvai devant un comptoir de bois vermoulu, sur lequel était posé un panonceau écrit à la main :

Grippesou& Miséreux& Gueux.

– Vous êtes sûr de vouloir partir ?

Derrière le comptoir, une hôtesse qui devait bien peser cent cinquante kilos, avec des *moustaches* qui auraient rendu mon grand-père jaloux, me dévisagea d'un air méfiant.

– Vous êtes sûr de vouloir partir ? Il ne faudrait pas que vous vous défiliez au dernier moment !

J'étais ahuri : « Mais pourquoi pense-t-elle que je vais me défiler ? »

Pendant qu'elle m'assignait une place dans l'avion, un gars, *ou plutôt un rat*, s'approcha de moi, arborant l'air rusé d'un voyageur de commerce.

– Bonjour, monsieur, je suis Filou Filouteur. Je vous propose de souscrire une assurance-vie. Avez-vous jamais pensé que l'avion pourrait s'écraser ?

Filou Filouteur

Je croisai les doigts et **pâlis**.

– Euh, vraiment, eh bien, d'habitude, j'évite d'y penser...

Il insista, *persuasif* :

– Vous avez tout intérêt à souscrire... Il y a deux sortes d'avions : ceux qui sont en l'air, et ceux qui tombent... Excusez-moi de vous poser la question : avez-vous une famille ? Réfléchissez : si, en plus de l'*horrible* nouvelle que vous êtes porté disparu dans une catastrophe aérienne, ils apprenaient la *bonne* nouvelle que vous aviez une assurance-vie... Pensez à vos parents, ne soyez pas égoïste... Savez-vous combien d'avions s'écrasent chaque année ? Allez, signez ici, comme ça, vous n'aurez plus à vous inquiéter...

Le cœur **serré**, je pensai à mon petit Benjamin et à son avenir. Après tout,

Le cœur serré, je pensai à mon petit Benjamin...

c'était peut-être en effet une bonne idée que de prendre une assurance !

J'allais signer, quand il me demanda, méfiant :

– Une seconde, attendez ! Excusez-moi de vous poser la question, mais… est-ce que par hasard vous ne voyageriez pas sur la compagnie Grippesou & Miséreux & Gueux ?

– Si ! Scouit ! répondis-je, surpris.

Il m'arracha le papier des pattes.

– Alors on annule tout ! Pas question d'assurer quelqu'un qui vole sur cette compagnie ! C'EST TROP RISQUÉ !

Je commençais à être inquiet.

Ah, quelle journée !

C'EST PLUS FORT
QUE LE ROQUEFORT !!!

De plus en plus ébahi, je me dirigeai vers l'avion. Il me suffit de le voir pour en avoir des sueurs froides. Pour comprendre, je comprenais. *C'est plus fort que le roquefort…*
Grand-père Honoré avait économisé jusqu'à l'os !
C'était un avion tout rapiécé. En m'approchant, je remarquai un mécanicien qui donnait de grands coups de marteau sur une des ailes et murmurait :
– Voilà ! En théorie, ça devrait tenir, au moins pour le prochain vol… *En théorie !*

Une fois à bord, je m'aperçus que j'avais un billet de CLASSE Z.

L'hôtesse couina :

– CLASSE Z ? Vous économisez jusqu'à l'os, dites donc ! C'est par ici...

J'avais le fauteuil numéro 13. C'était en fait un siège en rotin tout défoncé ! À la place de la ceinture de sécurité, une simple ficelle !! Et, sous le siège, un pot de chambre ébréché !!!

Je m'assis en soupirant, tandis que l'hôtesse demandait à la cantonade :

– Qui veut acheter un parachute ? Scouittt ! Dernière occasion d'acheter un parachute ! Après, on part ! Qui veut un parachute ? Allez, allez, décidez-vous... Dernier appel...

Après, tant pis pour vous...

Je bégayai :

– Un pa-parachute ? Mais pour quoi faire ?

L'hôtesse ricana :

Parachute de secours

– VOUS ME POSEZ LA QUESTION ? MA PAROLE, VOUS N'AVEZ PAS REGARDÉ L'AVION !

Je craquai :

– J'en prends un… Combien vous dois-je ?

Elle désigna une étiquette attachée au parachute :

– Mille trois cents gros billets !

Je faillis m'étrangler :

– **C'est plus fort que le roquefort !**

Mais c'est hors de prix !

Elle eut un ricanement :

– Vous trouvez ça cher ? Ça dépend si vous tenez à votre pelage !

Je payai, en soupirant.

L'hôtesse murmura alors, en se frisant les moustaches d'un air de conspirateur :

– Pour mille gros billets de plus, je vous mets

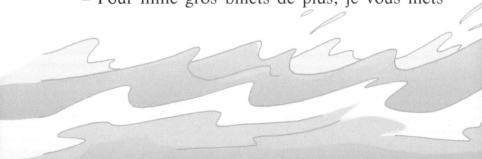

Bouée de sauvetage

une bouée de sauvetage… Je vous le conseille, vous savez que nous allons survoler l'océan ?

Les moteurs commencèrent à ronfler.

J'avais de plus en plus peur et je sortis mon portefeuille en catastrophe.

– Euh, je prends aussi la bouée de sauvetage !

Une annonce retentit dans les haut-parleurs :

– *Bonjour à tous, rongeurs passagers. Ici votre commandant de bord,* Quiveutvoyagerloin Ménage-Samonture *! Le copilote est* **Gros-Guy Grigou***, l'hôtesse est mademoiselle* **CHERLOTTE RATINE***, qui passera bientôt parmi vous pour vous offrir une tartine de fromage* (sauf pour la classe Z)*. Au cours de votre vol, vous pourrez faire vos achats à des prix spéciaux dans notre duty free shop* (sauf pour la classe Z)*.*

Les toilettes se trouvent au fond de l'appareil (sauf pour la classe Z, qui dispose de pots de chambre). J'invite tous les rongeurs passagers à attacher leur ceinture de sécurité (sauf en classe Z, où elle est remplacée par une ficelle), nous sommes sur le point de décoller…

La porte de la cabine de pilotage était restée ouverte. C'est ainsi que je pus entendre le commandant demander au copilote :

– Gros-Guy, tu as pensé à faire le plein ?

Le copilote couina :

Par mille rats volants !

J'ai oublié, chef ! Mais, de toute façon, le vent nous pousse et nous devrions y arriver quand même…

– Tu crois ça ? Tu crois qu'on va y arriver ?

– D'après moi, oui. On parie, chef ?

– O.K., on parie. À mon avis, on n'aura pas assez de carburant.

– Alors que, moi, je parie que, avec le vent qui

nous pousse, on devrait arriver juste juste, pile poil... De toute façon, au pire, on fera un atterrissage d'urgence, ça ne serait pas la première fois, hein, chef ? En plus, là-bas, en Égypte, c'est plein de sable, et on rebondit sur du moelleux, chef...

– Gros-Guy, tu n'y comprends croûte. D'après moi, il n'y aura pas assez de carburant, je parie mes moustaches. Mais je n'ai pas envie de retourner en arrière. On va essayer, allez...

Terrorisé, je me levai brusquement et hurlai :

JE VEUX DESCENDREEEE

– Scouittiriscouit ! Trop tard, gros nigaud de mulot ! ricana l'hôtesse moustachue. On est sur le point de décoller !

Les moteurs ronronnèrent plus fort, l'avion se

prépara au décollage, accéléra, les roues quit-
tèrent la piste et le train d'atterrissage se replia.
Les poils hérissés par la peur, je me rendis
compte qu'**IL ÉTAIT VRAIMENT TROP TARD**.
Ah, quelle journée !
Je risquais mon pelage sur un avion déglingué,
piloté par deux rongeurs qui travaillaient du
chapeau… Bref, j'étais dans un corbillard avec
des ailes !!!

un… corbillard avec des ailes !!!

ENCHANTÉ,
MAUVE-ÉZEUIL MALLET FILS !

L'avion décolla péniblement et vola pendant deux heures sans que rien de particulier ne se produise à bord.

Puis, soudain, il commença à vibrer de manière inquiétante.

L'hôtesse annonça :

– *Les rongeurs passagers sont priés de tenir leur passeport entre les dents. En cas de catastrophe aérienne, cela facilitera l'identification des cadavres...*

Je frissonnai. C'est à ce moment, à ce moment précis, que j'entendis une voix couiner derrière moi :

– BAH !

Je me retournai et vis un gars, *ou plutôt un rat,*

assez bizarre, avec une moumoute noire sur le crâne et *entièrement* vêtu de **VIOLET**, de la pointe de la queue à la pointe des moustaches. Il portait de drôles de lunettes rondes. Je remarquai aussi qu'il avait une montre très particulière : les aiguilles étaient des cercueils, et, sur le cadran, on pouvait lire l'inscription TEMPUS FUGIT (« Le temps vole »).

Il lisait un livre à la couverture violette, intitulé *Guide touristique des plus beaux cimetières du monde.*

Mauve-Ézeuil
Mallet fils

BAH !
De toute façon, tôt ou tard…

Il lança d'une voix d'outre-tombe :

– Permettez que je me présente. Je m'appelle **Mauve-Ézeuil Mallet fils**, entre-preneur de pompes funèbres. Connaissez-vous les statistiques concernant le transport aérien ?

J'étais de plus en plus inquiet :

– Euh, vraiment, je, scouiiiit…

Et lui :

– **BAH !** C'est bien connu, voler, c'est dangereux, très dangereux… Les statistiques disent que, pro-portionnellement, il n'y a pas beaucoup d'acci-dents d'avion, mais que quand ça tombe, ça tombe, et vlan…

Le passeport entre les dents ?

Scouittt…

Moi, terrorisé :

– Scouiiiit…

Lui :

– **BAH** *!* En plus, nous sommes assis à hauteur de l'aile… Savez-vous que l'aile est la zone la plus dangereuse en cas d'accident ?

Moi, en proie à la panique la plus totale :

– Scouiiiit…

Lui :

– **BAH** *!* De toute façon, tôt ou tard, nous finirons tous six pieds sous terre… C'est moi qui vous le dis, et je m'y connais…

Je croisai les doigts et m'écriai :

JE NE VEUX PAS Y LAISSER MON PELAGE !!!

JE SUIS ENCORE JEUNE !

Lui :

– **BAH** *!*

UNE PEUR FÉLINE !

Terrorisé, je serrai entre les pattes mon porte-bonheur favori, un trèfle à quatre feuilles en **argent** que m'a offert Benjamin. Reverrais-je jamais mon neveu adoré ?...

L'avion cabriolait de haut en bas, voletant de-ci de-là comme un oiseau ivre.

J'avais une peur féline ! Je restai les pattes agrippées à l'accoudoir pendant un moment qui me parut **interminable**, puis l'hôtesse annonça :

– Nous avons traversé la zone de turbulences. Les rongeurs passagers sont priés de garder leur

Terrorisé, je serrai entre les pattes mon porte-bonheur favori, un cadeau de Benjamin...

ceinture attachée, car notre atterrissage est prévu dans une demi-heure...

Je poussai un soupir de soulagement.

Mais, soudain, les moteurs s'arrêtèrent.

J'entendis la voix du commandant de bord :

– Tu as vu, Gros-Guy ? J'ai gagné le pari ! Je t'avais bien dit qu'on n'aurait pas assez de carburant...

– Ouais, chef, vous avez gagné. Qu'est-ce qu'on avait parié ?... J'ai oublié... Au fait... qu'est-ce qu'on fait ? On envoie un **SOS** pendant l'atterrissage d'urgence ?

J'écarquillai les yeux.

– Au secouuurs ! hurlai-je, avec les moustaches qui s'entortillaient de peur.

– **BAH !** entendis-je soupirer d'un ton lugubre derrière moi. Je m'en doutais…

L'avion vola en rond au-dessus de la mer, non loin de la côte, puis s'enfonça dans le désert, perdant peu à peu de l'altitude. Au bout de minutes qui me semblèrent interminables, il se prépara à atterrir

… quand, soudain, comme par miracle, les moteurs repartirent et l'appareil reprit de l'altitude !

J'essuyai mes moustaches humides de sueur.

Puis j'entendis Mauve-Ézeuil marmonner, déçu :

– **BAH !**

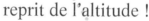

L'avion vola en rond

Le copilote chicota :

– Vous avez vu ça, chef ? Je vous l'avais dit qu'on y arriverait (peut-être)…

Après encore vingt minutes de vol, qui me parurent un **CAUCHEMAR** (les moteurs s'arrêtaient de temps en temps en hoquetant), nous arrivâmes à l'aéroport du Caire.

Dans un dernier sursaut, l'avion posa ses roues sur la piste et les moteurs s'arrêtèrent définitivement.

Je dénouai la ficelle et me dirigeai vers la sortie.

– Scouit ! Vous êtes des inconscients, je ne volerai plus jamais sur cette compagnie aérienne…

Mauve-Ézeuil me serra la patte, en murmurant sinistrement :

– Au revoir, au prochain voyage… **BAH !**

Je poussai un grand soupir de soulagement en descendant de l'avion.

J'avais eu une telle peur, une telle frousse, une telle trouille que je claquais encore des dents, que mes moustaches tremblaient, que j'étais pâle comme un camembert…

mais j'étais vivant.

Ah, quelle journée !

LE PROFESSEUR ALCHIMIUS CHICHITUS

Je relus les instructions de grand-père Honoré.
Je devais aller interviewer le professeur **ALCHIMIUS CHICHITUS**, qui avait inventé un système révolutionnaire pour produire de l'énergie avec des déchets.
« Hummm… des déchets ? De quoi peut-il bien s'agir ? » me demandai-je, curieux.
J'allais prendre un taxi quand mon téléphone portable sonna. Je répondis :
– Allô ? Ici Stilton, *Geronimo Stilton* !
La voix de mon grand-père m'assourdit :
– *Par les griffes aiguës du chat-garou !* Gamin !
Pas de taxi, hein ! Ne joue pas au malin ! Loue un dromadaire (demande un rabais, pas de gaspillage). Et ne traîne pas, le professeur t'attend !

Je m'entendis avec un chamelier et montai sur son animal.

Avez-vous jamais eu l'occasion de monter sur un dromadaire ?

Hélas, je ne tardai pas à découvrir qu'on y souffre du

mal de mer comme sur un bateau...

Ah, quelle journée !

Une heure plus tard, vert comme le gorgonzola et l'estomac retourné comme une chaussette, j'arrivai au laboratoire.

GLOUBBB...

Le dromadaire est un chameau à une seule bosse qui vit en Afrique du Nord.

Il s'agissait d'un bâtiment en **B É T O N A R M É** construit au milieu du désert.

À cent mètres de distance, je commençai à sentir une odeur, mais une odeur…

Quand je sonnai à la porte, j'étais pratiquement en apnée. Une souris à lunettes et au pelage rouge carotte vint m'ouvrir. Il portait une blouse blanche et, sur le bout du museau, une pince à linge.

– Ah, je suis heureux de vous serrer la main ! Je suis **ALCHIMIUS CHICHITUS**, chicota-t-il, cordial.

ALCHIMIUS CHICHITUS

Puis il ajouta, en se bouchant le nez et reprenant sa respiration entre deux phrases :

– Vous devez être Stilton… *Geronimo*

Stilton... J'ai reçu un appel de votre grand-père, **Honoré Tourneboulé**, alias **Panzer**... Ah, votre grand-père doit être un gars, *ou plutôt un rat,* hors du commun !

– Oui, soupirai-je, je suis Stilton, *Geronimo Stilton* ! Et vous avez raison, mon grand-père est vraiment une souris hors du commun (hélas).

Il me fit un signe solennel.

– Je vous fais visiter mon LABORATOIRE !

Il me tendit une pince à linge.

– Je vous conseille de mettre ça sur le museau. Je me rendis compte que la PUANTEUR augmentait, augmentait toujours.

Ah, quelle journée !

Le professeur Chichitus me fit entrer dans une étable qui accueillait des centaines de dromadaires. Je ne vous raconte pas l'odeur !

Chichitus (qui portait un dentier et crachotait en tous sens) expliqua :

– Vous voulez m'interviewer... c'est ça ? Vous

savez déjà tout... sur l'incroyable découverte...
que j'ai faite, n'est-ce pas ?

Avec ma pince à linge sur le museau, je bre-
douillai d'une voix nasale :

– Euh... vraiment... je ne sais encore
rien... Expliquez-moi donc...

Il commença :

– Or donc... vous connaissez
certainement la formule... de
L'iONiSatiON...
CATALYZÉE... acathartique...
SUPERTORTILLÉE... au cube...

Vous connaissez cela, n'est-ce pas ?

Pendant qu'il parlait, je me balançai d'une patte
sur l'autre, à toute vitesse, pour éviter de rece-
voir ses postillons dans les yeux.

Ah, quelle journée !

AH,
QUELLE JOURNÉE !

Dans l'étable, les dromadaires ruminaient paisiblement, en produisant de drôles de GARGOUILLIS. Tout en prenant des notes, je m'approchai du premier pour l'examiner de près, mais le professeur me prévint :

– Attention ! Ne regardez jamais... un dromadaire dans les yeux ! Vous savez... qu'ils crachent, hein ? Et ils ne ratent jamais... leur cible !

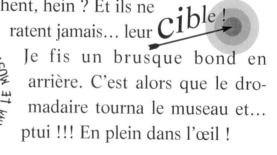

Je fis un brusque bond en arrière. C'est alors que le dromadaire tourna le museau et... ptui !!! En plein dans l'œil !

C'EST ALORS QUE LE DROMADAIRE TOURNA LE MUSEAU ET... PTUI !!! EN PLEIN DANS L'ŒIL !

– Vous voyez ? Je vous l'avais… dit ! crachota le professeur en secouant la tête.

Prudemment, je pris soin de passer *derrière* le deuxième dromadaire… mais il me décocha un coup de sabot dans l'arrière-train !!!

Ah, quelle journée !

Je poussai un cri de douleur et fis un pas en arrière… mais je posai la patte dans du crottin de dromadaire !!!

Ah, quelle journée !

Je glissai sur le crottin et fis un **triple** saut mortel avant de **me cabosser le museau par terre !!!**

Ah, quelle journée !

Quelle journée !

Quelle journée !

Quelle journée !

Quelle journée !

Je pris soin de passer
derrière le deuxième dromadaire...
mais il me décocha un
coup de sabot dans l'arrière-train...

Je fis un pas en arrière...
mais je posai la patte dans
du crottin de dromadaire...

Je glissai sur le crottin
et fis un triple saut mortel...

avant de me cabosser le museau par terre !!!

QUELLE ODEUR, QUELLE INFECTION, QUELLE PUANTEUR !

Le professeur **CHICHITUS** s'écria, fâché :

– Arrêtez ! Que faites-vous ? Attention, c'est de la matière première très précieuse !

Je replaçai la pince à linge sur mon museau (je l'avais perdue en tombant) et balbutiai :

– Quoi ? Quelle matière première ?

Il baissa la voix et me confia :

– Vous l'avez compris... hein ? La matière première... dont je me sers... pour produire de l'énergie... c'est... le crottin de dromadaire !

Il me conduisit hors de son laboratoire et me désigna un bâtiment de béton en forme de pyramide couleur jaune fromage.

Une fumée marron malodorante sortait d'une cheminée. À côté de la pyramide se dressaient d'**énormes** panneaux solaires.

– Le panneau solaire concentre l'énergie du soleil qui actionne la chaudière. C'est là… que je fais fermenter… le crottin de dromadaire.

Le crottin fermente fermente fermente fermente…

… vous ne pouvez pas imaginer… comme il fermente !

Je commençai à suffoquer, écœuré par cette puanteur.

– Gloubbb… je peux très bien l'imaginer… ça, oui ! murmurai-je, dégoûté.

Quelle odeur, quelle infection, quelle puanteur !

Le professeur poursuivit, en désignant l'étrange pyramide couleur fromage :

– Les vapeurs… produites par la fermentation du crottin… actionnent un moteur et produisent de l'énergie !

L'invention du professeur **CHICHITUS** marchait pour de bon ! Je ne cessais de prendre des notes, très intéressé.

– Donc… si j'ai bien compris,… il suffit de faire fermenter… du crottin de dromadaire… pour obtenir de l'énergie,… professeur ???

Il ricana sous ses moustaches :

– Euh, non… trop facile… Il faut aussi un ingrédient… que je ne trouve qu'ici ! Un ingrédient… secret… que je n'ai pas consigné… dans mes registres… **UN INGRÉDIENT TOP SECRET…** que je cache ici… ici… ici !!!

En disant ces mots, il se frappa une patte sur le front. Je continuai d'écrire : « … ingrédient… qui ne se trouve qu'ici… top secret… »

Il crachota :

– En résumé, Stilton, le secret n'est pas caché dans la pyramide couleur fromage,… mais ici… dans ma caboche ! Et savez-vous où j'ai puisé mon ins-piration, Stilton ? Hein ? Le savez-vous ? Le savez-vous ? Le savez-vous, oui ou non, Stilton ?

C'est dans la pyramide couleur fromage… chez Geronimo…

– Non, répondis-je, tout en essayant d'éviter les crachotements. Scouit, comment pourrais-je le savoir ?

Il baissa encore la voix et chicota :

– J'ai puisé mon inspiration... dans les hiéroglyphes... de la pyramide... de CHÉOPS !

que je fais fermenter... le crottin de dromadaire...

L'ŒIL
DE RÊ

J'étais fasciné :

– CHÉOPS ? Le pharaon Chéops ?

Une brise fraîche s'était levée et l'air était désormais plus respirable.

Le professeur retira la pince à linge de son museau et je l'imitai.

Chichitus expliqua d'un air malin :

– À l'origine, je suis *égyptologue* : c'est-à-dire que je suis un spécialiste de la culture égyptienne. Un jour, je me trouvais dans la pyramide de Chéops pour déchiffrer de vieilles inscriptions : il y avait là de nombreux dromadaires dessinés et un hiéroglyphe qui représentait le soleil, l'œil de Rê !

» Des dromadaires… le soleil… Une idée commença à bourdonner dans ma tête !

Le professeur me montra un rouleau de papyrus sur lequel étaient peints des symboles : des fleurs de lotus, des bateaux, des crocodiles, des hiboux, et même des chats.

– Ce sont des hiéroglyphes, c'est-à-dire des *idéogrammes* qui désignent un concept ou un mot.

Puis il me fit un clin d'œil.

– Aimeriez-vous visiter la pyramide de CHÉOPS, Stilton ?

Je répondis, tout excité :

– Scouit ! Et comment !

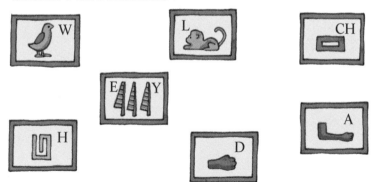

LE SECRET DES PYRAMIDES

Nous enfourchâmes les deux dromadaires qui attendaient devant le laboratoire et nous partîmes au g^{a}lop vers le désert, au moment où le soleil commençait à décliner lentement, colorant de rose les dunes de sable.

Je pus prendre quelques magnifiques photos.

clic *clic*
clic

Ah, quelle journée !
Après une cavalcade sauvage dans les dunes, nous découvrîmes enfin les

pyr**am**ides.

Alors le professeur sauta au bas de son dromadaire avec désinvolture.
Lorsque je me laissai glisser du haut du mien,
j'avais un teint GRIS-VERDÂTRE.
– Gloubbb… scouittt… murmurai-je, complètement tourneboulé.
Ah, quelle journée !

CHÉOPS

CHÉPHREN

MYKÉRINOS

Le professeur se mit à déclamer :

– Les pyramides étaient des monuments **funéraires** dédiés aux pharaons, en particulier ceux de la IVe dynastie, comme Chéops, Chéphren et Mykérinos !

Puis Chichitus remonta sur son dromadaire et s'élança dans une cavalcade (sauvage).

Mon dromadaire, hélas, le suivit.

Enfin le professeur s'arrêta devant la pyramide de Chéops.

Complètement vidé, je me laissai tomber au bas de ma monture.

Ah, quelle journée !

Le professeur se mit à expliquer :

– Les PYRAMIDES avaient une base **carrée**. À l'intérieur se trouvaient une ou plusieurs chambres sépulcrales, reliées par des galeries et des passages secrets. Après sa mort, le corps du pharaon était vidé de ses organes internes. Puis, pour qu'il se conserve, il était traité avec une substance spéciale, la *mûm*. Enfin, il était enveloppé dans des bandelettes de lin et déposé dans le SARCOPHAGE. La MOMIE du souverain était enfermée dans le sarcophage et entourée de toutes les richesses qu'il avait accumulées au cours de son existence.

» En effet, les Égyptiens étaient convaincus que, après la mort, l'âme commençait un voyage dans l'au-delà, et qu'elle pouvait emporter tous ses trésors !

» C'est pour dérober toutes les richesses accumulées près des sarcophages des pharaons que, pendant des siècles, les pyramides ont été pillées par des voleurs sans scrupule.

» Aujourd'hui encore, les pyramides sont un grand **mystère** pour nous. Elles furent construites grâce au travail de milliers d'ouvriers. C'étaient souvent des paysans qui, à tour de rôle, quittaient leur VILLAGE pour aller construire ces grands monuments funéraires en l'honneur de leur pharaon.

» Mais comment les architectes égyptiens ont-ils pu, il y a cinq mille ans environ, édifier des monuments tels que la pyramide de Chéops ? C'est la plus grande construction en pierre qui ait jamais été bâtie : elle est composée de plus de deux millions de blocs de pierre, et haute de cent quarante-six mètres. Comment les ouvriers égyptiens parvenaient-ils à soulever ces blocs très lourds ? Peut-être... les transportaient-ils

en utilisant des cylindres de bois sur lesquels ils les faisaient rouler !

Le professeur Chichitus ajouta, en baissant la voix :

– D'après certaines théories, les Égyptiens soulevaient les blocs par la *télépathie*, c'est-à-dire par la force de la pensée... et ils auraient construit les pyramides en l'honneur d'extraterrestres venus de lointaines galaxies... Allez savoir ! Ce n'est là qu'un des innombrables mystères que recèle encore la civilisation égyptienne...

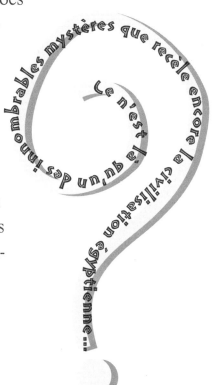

LA MALÉDICTION
DU PHARAON

Le professeur me montra un tunnel qui s'ou-
vrait sur un côté de la pyramide.

– Voilà, c'est par ici ! Avez-vous pris votre
appareil photo ? Et une pellicule ?

Je vérifiai anxieusement que j'avais tout cela à
portée de patte. Puis nous nous enfonçâmes dans
la galerie étroite. Elle était si basse que mes
oreilles frôlaient le plafond et je dus baisser la
tête ! Je frissonnai : je souffre de claustro-
phobie et c'était là une sensation effroyable !

Cependant, le professeur baissa la voix et
déclara, sur un ton mystérieux :

– La légende dit que ceux qui profanent la tombe d'un
pharaon sont frappés par une terrible malédiction ! Par

exemple, en 1922, deux archéologues anglais découvrirent la tombe encore intacte de Toutankhamon, dans la Vallée des Rois. Ils mirent au jour des trésors inestimables : le splendide masque du pharaon, en or et incrustations, sa momie, déposée dans un sarcophage d'or massif, des statues, des bijoux et des pierres précieuses...

Vingt-six personnes assistaient à cette découverte incroyable. Ils furent nombreux à disparaître mystérieusement dans les années qui suivirent... C'est ainsi qu'est née la légende de la malédiction !

Un frisson parcourut mon pelage... Pour me tranquilliser, je commençai à prendre des photos. Chichitus ricana :

clic clic clic

– À propos, Stilton, vous ai-je dit que, *moi aussi*, j'ai découvert une tombe il y a un mois de cela ? Pour l'instant, il ne m'est encore rien arrivé,

haaa! ha ha

» Moi, je me moque de ces légendes comme de mon premier poil de moustaches. Je ne crois pas à ces sornettes... Ce ne sont que des superstitions, qu'en pensez-vous ? Hein ? Qu'en pensez-vous, Stilton ?

J'allais répondre, mais... le professeur trébucha contre un caillou, tituba et tomba, le museau heurtant violemment le sol. La lampe qu'il tenait dans la patte s'éteignit d'un coup.

La galerie fut plongée dans une obscurité totale.

Et dans un silence terrible.

Je criai, avançant à tâtons dans le noir :

– Professeur ! Professeur ! Professeuuur !

Pas de réponse. Je fis quelques pas en avant, mais trébuchai à mon tour et m'écroulai par terre.

Dans le noir, je ne comprenais même pas de quel côté se trouvait la sortie, j'étais complètement perdu !

Ah, quelle journée !

BASTET, LA DÉESSE
À TÊTE DE CHAT

Je rampai dans la galerie.

J'essayai de retourner en arrière, mais comme la lampe s'était éteinte à un croisement avec une autre galerie, je ne savais plus de quel côté me diriger. J'avais le pelage hérissé par la peur.

J'appelai encore :

– Professeur ! Professeur Chichitus !

Mais, autour de moi, dans l'obscurité de la pyramide, seul régnait le silence : **UN SILENCE LUGUBRE, SÉPULCRAL !!!**

Je répétai à haute voix, pour me donner du courage :

– Tout va bien, tout va très bien, il n'y a vraiment aucune raison de *s'inquiéter* !

Je me tus pendant une seconde, puis je sanglotai :

– Mais j'ai peuuuur !

Mes paroles résonnèrent sinistrement dans les ténèbres de la pyramide.

...PEUUUUUUUUUUUUUUUUUR !

Je frissonnai.

Enfin je me souvins que j'avais un porte-clefs dans la poche : c'était une petite lampe torche. Je l'allumai.

La lumière me ragaillardit : la petite lampe de poche éclaira un couloir très étroit.

Je sursautai : quelque chose bougeait par terre.

– **Scouiiiiiiiiiiiitttttttttt** ! hurlai-je, terrorisé.

Je m'arrêtai… Je pris mon courage à deux pattes et me penchai pour mieux voir : c'était un vieux papyrus !

La petite lampe torche éclaira un couloir très étroit…

Je le ramassai : on y voyait ANUBIS, le dieu à la tête de chacal. À sa droite, OSIRIS, le dieu des enfers, et son épouse, ISIS. Il y avait même le fils d'Isis et Osiris : HORUS, le dieu du ciel et de la lumière, figuré par un homme à tête de faucon. Et la mythique BASTET, la déesse à tête de chat.

Par mille mozzarella ! Je bondis en arrière.

BRRR ! J'AI PEUR DES CHATS, MOI !!!

ANUBIS HATHOR RÊ ATON ISIS OSIRIS HORUS

Je vis encore des scènes de chasse et de pêche, des cérémonies religieuses, des parades militaires et des fêtes splendides…
J'étais fasciné par ces cinq mille *années d'histoire, d'art, de culture, de traditions…*
Ah, l'Égypte, quel pays ! Et quel dommage de n'avoir pas le temps de découvrir tous ses mystères.
Dommage, vraiment dommage… scouittt !

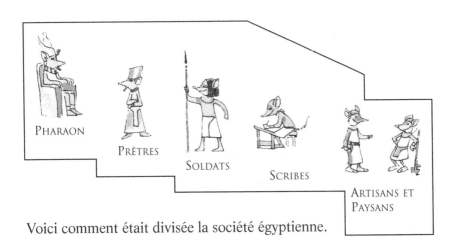

PHARAON

PRÊTRES

SOLDATS

SCRIBES

ARTISANS ET PAYSANS

Voici comment était divisée la société égyptienne.

MON INVENTION ?
QUELLE INVENTION ???

Soudain, je retrouvai le professeur évanoui, allongé par terre.

– Professeur ! Comment allez-vous ? m'écriai-je en m'approchant.

C'est alors que je vis quelque chose qui rampait près de lui. Un **FRISSON** parcourut mon pelage. Un serpent !

Et si c'était la malédiction du pharaon ? Si c'était la punition que Chichitus recevait parce qu'il avait découvert une tombe un mois plus tôt ?

Mais non, ce n'étaient là que des légendes.

Je pris une profonde inspiration pour me donner du courage, puis j'attrapai le professeur et le tirai vers moi.

Le serpent darda sa langue *fourchue* et glissa en avant, prêt à mordre.

Mais je tapai de la patte par terre avec résolution. Effrayé par les vibrations, l'animal s'enfuit. Je poussai un soupir de soulagement et chargeai le professeur sur mes épaules.

Comme il était lourd !

Haletant *sous* ce poids, je parvins, pas à pas, à remonter le tunnel jusqu'à la sortie. Enfin je sortis le museau de la pyramide.

L'air frais de la nuit me réconforta.

Je respirai à fond, pour reprendre des forces.

Quelques minutes plus tard, le professeur Chichitus ouvrit les yeux.

– Professeur, professeur, comment allez-vous ?

Il bredouilla :

– Bien, très bien… je contrôle parfaitement la situation… Mais, excusez-moi, qui êtes-vous ?

Je balbutiai :

– Professeur, vous ne me reconnaissez pas ? Je suis Stilton, *Geronimo Stilton* !

Il secoua la tête, perplexe, en grattant ses moustaches roussâtres.

– Je ne me souviens pas du tout de vous.

VOTRE MUSEAU M'EST PARFAITEMENT INCONNU…

J'essayai de lui rafraîchir la mémoire :

– Mais comment cela, vous ne vous rappelez pas ? Vous m'avez emmené visiter la pyramide de Chéops pour m'expliquer comment était née votre invention extraordinaire…

Il écarquilla les yeux.

– Scouit ? Scouitt ?? Scouittt ??? Mon invention ? Quelle invention ???

J'étais très très inquiet.

– L'invention du truc, là, du crottin de dromadaire !

Il me regarda fixement.

– Du crottin ? De dromadaire ? Excusez-moi, jeune rongeur, vous vous sentez bien ? Vous n'avez pas reçu un coup sur la tête, par hasard ? J'étais tellement exaspéré que je m'en arrachai les poils des moustaches.

– Noooooooon ! C'est vous qui avez reçu un coup sur la tête !

Il marmonna :

– Bah ! De toute façon, je ne me souviens de rien…

Je bafouillai :

– *Par mille mimolettes !* Mais alors… vous ne vous rappelez pas l'ingrédient secret ? Celui qui, ajouté au crottin de dromadaire, produit de l'énergie ?

Et l'autre, surpris :

– Quel ingrédient ? Quel crottin ? Quel dromadaire ? Quelle énergie ?

Ah, quelle journée !

Ingrédient secret ???

JE SUIS UN GARS,
OU PLUTÔT UN RAT...

La journée avait été **HORRIBLE**.

J'avais le moral à zéro : j'étais venu en Égypte pour rapporter un scoop, mais j'allais rentrer chez moi les pattes vides ! Je regardai ma montre : il était cinq heures du matin. Le soleil se levait à l'horizon.

Quel spectacle, l'aube dans le désert...

Je comprenais, maintenant, pourquoi les Égyptiens adoraient le Soleil comme une divinité.

Ils lui donnaient d'innombrables noms : Rê, Atoum, Amon... En son honneur, on dressait des obélisques dans toute l'Égypte !

Je pris une série de photos.

Je m'apprêtai à rentrer chez moi, à Sourisia !

Je saluai le professeur, qui, malheureusement, avait tout oublié de son invention, et je galopai (bouah !) jusqu'à l'aéroport.

Grand-père Honoré me téléphona :

– Gamin ! J'espère que tu n'as pas l'intention de rentrer en avion ! Quand j'entends certaines choses, j'ai *le portefeuille* qui **SAIGNE** ! Maintenant que plus rien ne presse, tu peux revenir en bateau ! Va au port, je t'ai déjà réservé un billet de retour !

Je galopai (bouah !) jusqu'au port. Je découvris que grand-père m'avait pris un billet sur un navire cargo, *Le Dynamiteur* ! Je le recherchai désespérément.

– Où est-il ? Où est *Le Dynamiteur* ? J'embarquai à la dernière seconde, juste au moment où le bateau allait larguer les amarres.

Nous étions déjà loin des côtes quand je compris que le voyage durerait un mois... et que le cargo transportait une cargaison d'**EXPLOSIFS**...

Ce fut un voyage horrible. Ah, cette fois encore, grand-père Honoré avait *économisé jusqu'à l'os* !

Le commandant du bateau, un dénommé *Nitro Glycérine*, était un rat au pelage grisonnant, avec une longue balafre sous l'œil et des moustaches tombantes.

Nitro se prenait pour un gros malin ! Chaque fois que je le rencontrais, il me donnait une grande tape sur l'épaule et couinait :

Nitro Glycérine

– Attention aux **ALLUMETTES**, Stilton !
Attention aux chocs ! Ha ha haaa ! Attention
à ne pas faire de mouvements brusques,
Stilton, ici, on marche sur la dynamite !
Ha ha haaa ! Pourquoi êtes-vous si pâle,
Stilton ? Serait-ce parce que nous transpor-
tons une cargaison de nitroglycérine, Stilton ?
Ha ha haaa ! Serait-ce parce que nous courons
un danger terrible, hein, Stilton ? Serait-ce,
mon cher Stilton, parce que nous pourrions,
ha ha haaa, tous sauter en l'air en une fraction
de seconde, comme ça, *pffffff* ?

Je TREMBLAIS. Si vous ne l'avez pas encore compris, je suis un gars, *ou plutôt un rat* quelque peu angoissé.

Ah, à propos,

je souffre aussi du mal de mer !

C'est pourquoi je passai tout le voyage allongé sur ma couchette, avec une nausée *assourissante*. Bref, je n'avais qu'une envie : me retrouver au plus vite chez moi.

Chez moi, à Sourisia…

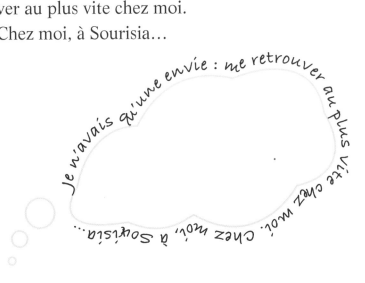

PSSST, PSSSSSST...
EH, STILTON !

Enfin nous arrivâmes au port de Sourisia.

Je me précipitai au bureau, j'étais pressé de savoir comment ça se passait à *l'Écho du rongeur* !

J'allais <u>mon</u>ter le perron de la maison d'édition quand j'entendis quelqu'un chuchoter :

– Pssst... pssssssst !

Je regardai autour de moi.

– Scouittt ? Qui est-ce ?

Quelqu'un, caché derrière le coin de l'immeuble, insista :

– Pssst, Stilton ! Par ici !

Je tournai au coin de l'immeuble… et je rencontrai Sourigon. Vous connaissez Sourigon, n'est-ce pas ? C'est le directeur commercial de *l'Écho du rongeur*.

Ah, Sourigon !

Je ne sais pas ce que je ferais sans lui !

Je murmurai :

– Sourigon ! Je suis désolé que grand-père Honoré vous ait licencié !

Il ricana sous ses moustaches et passa une patte sur son crâne au pelage rasé. Ses yeux brillaient derrière ses lunettes à monture métallique.

– Ne vous inquiétez pas, monsieur Stilton ! À la fin des fins, j'ai été **le seul** à être réengagé.

MILK-SHAKES AU GORGONZOLA ET SANDWICHS AU TRIPLE MAROILLES

J'étais STUPÉFAIT.

– Sourigon ? Vous avez réussi à vous faire réengager par mon grand-père ? Comment avez-vous fait ?

Sourigon ricana :

– C'est à moi que vous demandez cela, monsieur Stilton ? De la seule façon possible : je l'ai assuré que je travaillerais *gratis* ! Mais ne vous inquiétez pas, monsieur Stilton : j'ai un plan assourissant !!!

Nous allâmes nous réfugier au bar du coin.

Nous commandâmes deux milk-shakes au gorgonzola et deux sandwichs au **triple** maroilles. C'est alors que Sourigon, avec une mine de conspirateur, m'expliqua son plan assourissant pour reprendre *l'Écho du rongeur…*

– Ça ne peut pas ne pas marcher, monsieur Stilton ! *Garanti au fromage !*

Nous sortîmes du bar deux heures plus tard.

Sourigon me tapa dans la patte.

– Prêt, monsieur Stilton ?

– Prêt, Sourigon !

Nous nous dirigeâmes vers *l'Écho du rongeur.*

NOUS ÉTIONS PRÊTS À TOUT !

Souris pour moi, souris pour tous !

Nous entrâmes par l'entrée de service, sur la pointe des pattes et vifs comme des rats.

Les bureaux étaient silencieux, il n'y avait personne pour pianoter sur les CLAVIERS DES ORDINATEURS, personne pour chicoter au téléphone, personne pour faire fonctionner les machines qui, jour et nuit, impriment le journal et les livres de notre maison d'édition !

Sourigon me chuchota à l'oreille :

– *L'Écho du rongeur s'éteint lentement.*

Mais il est encore temps de le sauver !

Nous nous glissâmes dans la salle de la maquette. Je remarquai, dans le lointain, une silhouette devant un ordinateur.

C'était ma sœur Téa ! Je m'approchai silencieusement et murmurai :
– Pssssst ! Téa !
Elle leva les yeux.
– Geronimo ! Comme je suis heureuse de te revoir !
Je lui fis signe de se taire.
– Chuuuut ! Tais-toi ! Grand-père ne doit pas nous entendre !
Elle se glissa sous son bureau, et c'est là que nous discutâmes.
– **On n'en peut plus !** se plaignit-elle.
Scouit ! Grand-père a des idées surannées, il ne suit pas les tendances, il est d'une autre époque ! Il faut absolument que nous arrêtions cela !
– Sourigon a un plan, expliquai-je.
Un autre museau de rongeur parut sous le bureau.
– Hummm... de quoi parle-t-on ici ? demanda mon cousin Traquenard, soupçonneux.
Puis il marmonna :
– **C'est plus fort que le roquefort...** On

travaille trop ici, il n'y a plus ni samedi ni dimanche... Ça ne me plaît pas du tout !

Un petit museau familier se glissa à son tour sous le bureau et s'éclaira en me voyant.

– Tonton ! Oncle Geronimo ! Tu es revenu enfin !

Benjamin m'embrassa.

– Tonton, j'étais tellement pressé de te revoir ! J'aimais bien être l'assistant de grand-père Honoré, mais tu me manquais trop...

Nous entrelaçâmes nos queues et chicotâmes :

– SOURIS POUR MOI...

SOURIS POUR TOUS !

PAR LA QUEUE PELÉE DU CHAT-GAROU...

Nous nous glissâmes dans la pièce qui avait été mon bureau et qui était désormais celui de grand-père.

Il était assis à sa petite table de plastique.

Il marmonnait pour lui-même :

– *Par la queue pelée du chat-garou...* Ici, on dépense trop d'argent ! Regarde-moi ça : une facture pour le papier hygiénique... Ah, quand je vois certaines choses, j'ai le portefeuille qui **SAIGNE** !

Il réfléchit un instant, puis s'illumina :

– **Idée**, à partir d'aujourd'hui, plus de papier hygiénique. Pour faire des économies, nous allons utiliser les vieux journaux ! Fantastique ! Ah, *je suis vraiment un génie !*

Il poursuivit ses comptes, d'un air renfrogné.

– Économiser. É-co-no-mi-ser ! É-c-o-n-o-m-i-s-e-r ! Je pourrais faire installer une minuterie dans les cabinets, comme ça, la porte se rouvrirait automatiquement au bout de trente secondes... *et tant pis pour les traînards !* Ha ha haaa, voilà

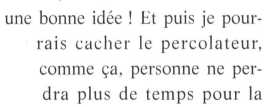

une bonne idée ! Et puis je pourrais cacher le percolateur, comme ça, personne ne perdra plus de temps pour la pause-café... et je pourrais aussi **couper** les fils électriques pour économiser la lumière. Hum, les ordinateurs ne fonctionneraient plus, mais

ce n'est pas grave, on en reviendra tout bête-
ment *aux bonnes vieilles méthodes !*
Ha ha haaa !
Téa me donna un coup de coude.
– Je te l'avais dit, grand-père Honoré exagère
vraiment ! Nous devons l'arrêter !
Il fallait agir vite, nous adorons grand-père,
mais, avec ses manies, il risquait de ruiner le
journal qu'il avait fondé.
Sourigon murmura :

– Venez avec moi dans la pièce du standard,

et mettons mon plan en pratique !

MAIS QUI VA PAYER ???

Téa se mit une pince à linge sur le bout du museau et téléphona à grand-père en faisant comme si elle appelait de loin, de très loin :

– Allôôôôôô ? Vous êtes bien monsieur Tourneboulé ? C'est bien vous, en personne ?

Grand-père tonna :

– **Ouìììì !** Je suis Tourneboulé, **Honoré Tourneboulé !**

Téa chicota :

– Monsieur Tourneboulé, ici les CROISIHEU-REUSES, les croisières qui rendent heureux ! Je vous passe une communication !

Elle tendit le téléphone à Traquenard, qui se fourra une pomme de terre dans la bouche pour déformer sa voix et bredouilla :

– *Allô ? Monsieur Tourneboulé ? J'ai une magnifique, j'ai une merveilleuse nouvelle à vous annoncer !*

Méfiant, grand-père grogna :

– Hummm… qui êtes-vous, de quoi s'agit-il ? Je n'ai pas de temps à perdre, moi, je dois travailler, je dois produire ! Pro-dui-re ! P-r-o-d-u-i-r-e !

Traquenard reprit :

– Monsieur Tourneboulé, je suis le président des CROISIHEUREUSES. J'ai une merveilleuse nouvelle à vous annoncer : vous avez gagné un fabuleux tour du monde à bord de l'un de nos prestigieux paquebots !

En même temps, Benjamin faisait des bruitages en fond sonore :

– *Bzzzzzz… crchhhh… grfzzzz…*

Grand-père marmonna :

– Hummm… mais qui va payer ?

Traquenard s'écria :

– Mais c'est nous qui payons, nous, vos petits-f… euh, la compagnie des CROISIEU-REUSES ! Tout est gratuit, monsieur Tourneboulé ! Il n'y a qu'une condition : vous devez partir immédiatement, tout de suite, votre billet vous attend au port. Quoi ? Vous n'êtes pas encore parti ? Allez, allez, sinon nous allons donner le prix à quelqu'un d'autre !

Grand-père hurla, inquiet :

– Noooooooon, ne le donnez à personne, c'est à moi ! Je pars tout de suite, mais **vous êtes sûr que c'est gratuit, hein ?**

– Mais bien sûûûûûûûûûr que c'est gratuit ! Parole de Traqu… euh, parole du président, allez, allez, allez, le bateau n'attend que vous pour lever l'ancre ! siffla Traquenard.

Grand-père se précipita au-dehors.

– Scouittiriscouiiit ! Un voyage autour du monde ? Gratuit ???

Par les vibrisses démoniaques du chat-garou, je ne veux pas rater cela ! Ouuuups, j'ai oublié de demander combien de temps durait ce tour du monde... Bah, tant pis, puisque c'est gratuit !
Il nous laissa un billet :

C'est trop facile de toujours compter sur le grand-père. Débrouillez-vous tout seuls ! Mais attention, hein, je vous ai à l'œil...

Je soupirai : grand-père avait vraiment exagéré, ces vacances allaient lui faire du bien. À son retour, il aurait tout oublié et pourrait nous harceler avec quelque nouvelle manie.

LARMES DE CROCODILE ET BAVE DE SALAMANDRE

Après le départ de grand-père, mes collaborateurs revinrent, **heureux** de travailler de nouveau pour *l'Écho du rongeur*.

Scouit, il semblait que tout était redevenu comme avant !

Vers midi, le téléphone sonna. La standardiste couina :

– Allô ? Un appel intercontinental de l'Égypte pour monsieur Stilton !

– Oui, je suis Stilton, *Geronimo Stilton* !

J'entendis des grésillements, puis une voix lointaine :

– Geronimo ! Je suis **ALCHIMIUS CHICHITUS** !

Mon cœur fit un bond dans ma poitrine tant il était ému.

– Professeur ! Quel plaisir de vous entendre !

Le professeur chicota :

– Geronimo, je voulais encore vous remercier de m'avoir sauvé la vie !

Je couinai :

– Moi, je voulais vous remercier de m'avoir fait vivre une aventure inoubliable. Depuis que j'ai visité l'Égypte, j'en rêve tout le temps... *Ah, l'Égypte, quel pays fascinant !*

Chichitus reprit :

– Cher Geronimo, maintenant, je me rappelle **tout, tout !** Euh, tout, **sauf un petit détail** : l'ingrédient mystérieux qu'il faut ajouter au crottin de dromadaire ! Mais dès que je l'aurai identifié, je vous préviendrai, afin que vous puissiez revenir m'interviewer en exclusivité !

Je le remerciai :

– Merci, professeur ! Meilleurs vœux pour vos recherches, je suis sûr que vous trouverez !

Il continua, pensif :

– Hum, l'ingrédient secret était peut-être le pipi de scorpion, ou la bave de salamandre, ou bien les larmes de crocodile ? De toute façon, je fais des **expériences**, ce n'est qu'une question de jours !

larmes de crocodile ?

pipi de scorpion ?

bave de salamandre ?

» Euh, il faut que je vous laisse maintenant, je dois raconter une histoire très triste au crocodile pour le faire pleurer… À votre avis, qu'est-ce qui marchera le mieux ? *LA PETITE MARCHANDE D'ALLUMETTES* ou

La Légende de la petite fille de glace ?

Je souris sous mes moustaches.
Quel rongeur inventeur, ce professeur Alchimius Chichitus…

LE FROMAGE
COULERA À FLOTS...

Je raccrochai le téléphone. Puis j'ouvris le tiroir de mon bureau et jetai un coup d'œil aux photos que j'avais prises dans le désert.

Ah, l'Égypte est vraiment un pays extraordinaire.

Et mes photos n'étaient pas mal du tout !
L'aube rosée, les dunes de sable, la pyramide de Chéops sur fond de désert incendié par le cOuchant...
Sourigon, qui venait juste d'entrer dans mon bureau, jeta un

regard curieux par-dessus mon épaule et chicota :

– Mais, monsieur Stilton... pourquoi n'écrivez-vous pas un bon gros **ROMAN** dont l'action se déroulerait en Égypte ?

– Hummm, vous croyez, Sourigon ?

– Mais bien sûr ! Nous allons inonder le marché ! *À la fin des fins, le fromage coulera à flots,* monsieur ! Croyez-en mon flair !

Comme d'habitude, Sourigon avait raison.

Je publiai le livre, intitulé *Le Mystère de la pyramide de fromage* (à propos, c'est le livre que vous êtes en train de lire !), et ce fut un vrai succès. Un *best-seller,*

LE MYSTÈRE DE LA PYRAMIDE DE FROMAGE

parole de Stilton, *Geronimo Stilton...*

ENCORE
GRAND-PÈRE ???

Les jours s'écoulèrent, les semaines, les mois.
Un matin, bien au chaud sous mes couvertures,
je dormais comme un bienheureux, en ronflant
paisiblement.
Mais soudain…
Soudain, le téléphone sonna.

Drinng ! Drinng Drinng

Je sortis de mon lit, encore tout somnolent,
posai la patte sur la descente de lit en fourrure
de chat synthétique. Je décrochai le combiné.
– Allô ? Ici Stilton, *Geronimo Stilton*..
À l'autre bout du fil, une voix étrangement
familière poussa un cri assourdissant :

– **Debouuuuuuuuuuuuuut !**

Je balbutiai, désorienté :

– Qui... quoi... qui est à l'appareil ?

Je jetai un coup d'œil au réveil : *par mille mimolettes*, il n'était que six heures du matin !

La voix de grand-père Honoré (oui, vous avez deviné, c'était bien lui) tonna dans le téléphone :

– Gamin ! Je t'appelle de Tombouctou ! J'ai beau être en voyage, rien ne m'échappe... Je viens d'apprendre que le professeur **CHICHITUS** a retrouvé l'ingrédient secret : il va t'appeler, tu dois aller l'interviewer ! Je t'ai réservé un vol pour l'Égypte ! Mais... attention, Geronimo, pour faire des économies, cette fois, tu voyageras **en montgolfière !!!**

Puis il me raccrocha au museau.

Je soupirai. *Par mille mimolettes !* J'allai me blottir sous les couvertures et me remettre à

ronfler paisiblement.
Mais je jetai un œil
sur les photos posées
sur ma table de nuit
et je me souvins
du désert, des pyra-
mides, des hiéro-
glyphes...
Ah, quelle aventure !
C'était décidé : je
repartais... mais ça,
c'est une autre histoire...

Mais ça, c'est une autre histoire...

TABLE DES MATIÈRES

Geronimo Stilton

DANS LA MÊME COLLECTION

61 — UNE PÊCHE EXTRAORDINAIRE !

62 — JEU DE PISTE À VENISE

63 — PIÈGE AU PARC DES MYSTÈRES

Et aussi...

L'ÉCHO DU RONGEUR

1. Entrée
2. Imprimerie
   (où l'on imprime les livres et le journal)
3. Administration
4. Rédaction (où travaillent les rédacteurs,
   les maquettistes et les illustrateurs)
5. Bureau de Geronimo Stilton
6. Piste d'atterrissage pour hélicoptère

Fleuve Souris

Plage

Sourisia, la ville des Souris

1. Zone industrielle de Sourisia
2. Usine de fromages
3. Aéroport
4. Télévision et radio
5. Marché aux fromages
6. Marché aux poissons
7. Hôtel de ville
8. Château de Snobinailles
9. Sept collines de Sourisia
10. Gare
11. Centre commercial
12. Cinéma
13. Gymnase
14. Salle de concerts
15. Place de la Pierre-qui-Chante
16. Théâtre Tortillon
17. Grand Hôtel
18. Hôpital
19. Jardin botanique
20. Bazar des Puces-qui-boitent
21. Maison de tante Toupie et de Benjamin
22. Musée d'Art moderne
23. Université et bibliothèque
24. La Gazette du rat
25. L'Écho du rongeur
26. Maison de Traquenard
27. Quartier de la mode
28. Restaurant du Fromage d'or
29. Centre pour la Protection de la mer et de l'environnement
30. Capitainerie du port
31. Stade
32. Terrain de golf
33. Piscine
34. Tennis
35. Parc d'attractions
36. Maison de Geronimo Stilton
37. Quartier des antiquaires
38. Librairie
39. Chantiers navals
40. Maison de Téa
41. Port
42. Phare
43. Statue de la Liberté
44. Bureau de Farfouin Scouit
45. Maison de Patty Spring
46. Maison de grand-père Honoré

Île des Souris

1. Grand Lac de glace
2. Pic de la Fourrure gelée
3. Pic du Tienvoiladéglaçons
4. Pic du Chteracontpacequilfaifroid
5. Sourikistan
6. Transourisie
7. Pic du Vampire
8. Volcan Souricifer
9. Lac de Soufre
10. Col du Chat Las
11. Pic du Putois
12. Forêt-Obscure
13. Vallée des Vampires vaniteux
14. Pic du Frisson
15. Col de la Ligne d'Ombre
16. Castel Radin
17. Parc national pour la défense de la nature
18. Las Ratayas Marinas
19. Forêt des Fossiles
20. Lac Lac
21. Làc Lac Lac
22. Lac Laclaclac
23. Roc Beaufort
24. Château de Moustimiaou
25. Vallée des Séquoias géants
26. Fontaine de Fondue
27. Marais sulfureux
28. Geyser
29. Vallée des Rats
30. Vallée Radégoûtante
31. Marais des Moustiques
32. Castel Comté
33. Désert du Souhara
34. Oasis du Chameau crachoteur
35. Pointe Cabochon
36. Jungle-Noire
37. Rio Mosquito

Au revoir, chers amis rongeurs, et à bientôt
pour de nouvelles aventures.
Des aventures au poil, parole de Stilton, de...

Geronimo Stilton